獻給泰奧多爾(Théodore) 與每一位小男人

Light 003
小男人與神 Le petit homme et Dieu

作者 凱蒂·克羅瑟 ｜ 譯者 陳郁雯
選書、編輯 吳文君 ｜ 設計 Dinner ｜ 總編輯 賀郁文
出版發行 重版文化整合事業股份有限公司 www.facebook.com/readdpublishing
連絡信箱 service@readdpublishing.com
總經銷 聯合發行股份有限公司 ｜ 地址 新北市新店區寶橋路235巷6弄6號2樓
電話（02）2917-8022 ｜ 傳真（02）2915-6275 ｜ 法律顧問 李柏洋

Original title: Le petit homme et Dieu
written and illustrated by Kitty Crowther
© 2010, l'école des loisirs, Paris
Published by arrangement with THE GRAYHAWK AGENCY

初版一刷 2023年1月 ｜ 定價 新台幣460元 ｜ ISBN 978-626-96846-2-5
Printed in Taiwan 版權所有 翻印必究

小男人與神
Le petit homme et Dieu

凱蒂・克羅瑟 Kitty Crowther 著　陳郁雯 譯

一天早上，小男人出門散步。

他遇見一個東西，就在小徑旁。

那東西說：「別怕。」

小男人心想：說得簡單。

他禮貌的詢問：「請教尊姓大名？」

「我是神。」

「您是神？就是『那個』神嗎？您和我想像的完全不一樣。」

「首先，我不是『那個』神，我是『一個』神。」

小男人在腦中記下了這項資訊。

接著他問道：

「神有很多個嗎？」

「就和天上的星星一樣多，甚至更多一些。」

小男人和神並肩走在路上。

「你想像中的神長得是什麼模樣呢？」

「高高的、老老的，還有一把長長的白鬍子，看起來很嚴肅，

穿著一件天藍色的布袍。雙手會背在身後，這點倒是和你一模一樣！」

神爆出一串大笑。

「呵呵呵呵！」

「你會變身成別的東西嗎？」小男人問。

神回答：「當然會！」

小男人露出笑容：「可以變給我看看嗎？」

神高聲的說：「當然可以！」

這位神很喜歡展現他的變身能力。

「神啊，停一停！」小男人大喊，身體不停顫抖。

「你嚇到我了。」

突然，小男人大笑出聲。

「你跟我爸爸好像。」

神笑了。他真的很怕小男人嚇到一輩子都忘不了。

走了一小段路之後，小男人問神想不想到他家吃一盤烘蛋。

神開心的接受了。

「能和你一道去，我很榮幸。可是烘蛋，那是什麼呀？」

小男人不敢置信。啊？神不知道烘蛋？

他們來到靜靜沉睡的池塘邊。

小男人自豪的說：「這裡就是我家。」

神發出「嘩～～！」的聲音。

小男人做了烘蛋，還撒上一些蝦夷蔥。

他向神解釋：「我喜歡這樣吃。」

吃完了，神提議要幫忙洗碗。

「不用、不用！我晚點再洗就好。」

小男人望向窗外。

「天氣真好，我們去外頭吧！要不要游泳？」

神在水面上行走。

「嘩～～！」小男人樂不可支的大叫。

「我聽人家說過，但從來沒有親眼看過！」

神問：「你呢？你會游泳嗎？」

「我當然會游，幾乎所有人都會游。」

神說：「我就不會……」

游完泳，小男人擦乾身體、穿好衣服，用宏亮的聲音說：

「全世界我最喜歡做的事，就是爬樹。」

他爬到一根好高好高的樹枝上坐下。

神來到他身邊，浮在半空中。

小男人驚呼：「我怎麼沒想到！神不是用爬的，是用飛的。」

神回答他：

「我笨手笨腳的，與其用爬的，我比較喜歡用飛的。」

小男人捧腹大笑。

「那還用說，能飛就用飛的呀！」

夜幕漸漸降臨池塘。

他們一個從樹上下來，一個從空中下來。

神坐在一顆大石上，問道：

「你會想飛嗎？」

「不會，我更喜歡在水裡游。」

他們聊著自己的喜好，聊了很久。

神看著夜空，滿天星光閃爍。

「我得回家了，我太太在等我。」

他們互道再會。小男人說：

「我都還沒告訴你我的名字。」

神肯定的說：「我知道。」

「你的名字叫泰奧，意思是『神』。你知道嗎？」

「知道、知道，」小男人回答：「我爸爸告訴過我。」

神的身影漸漸消失，最終看不見。

小男人回家把碗盤洗了，他滿臉笑容，滿心喜悅。

他想著，有些日子就像今天，會讓一個人永遠改變。

神回到天界，他的太太正等著他。

他說：「嗨，女神。」

她說：「嗨，男神。怎麼樣，今天如何？過得好嗎？」

「太美好的一天了。謝謝妳。」

女神問男神：

「晚餐你要不要做你最拿手的烘蛋來吃？

然後，也許我們可以去湖裡游個泳？」

「好點子。」

神一邊說，一邊走向夜晚的花園。

他沉吟了一會，想著不知道哪一天能學會爬樹，就像泰奧一樣。

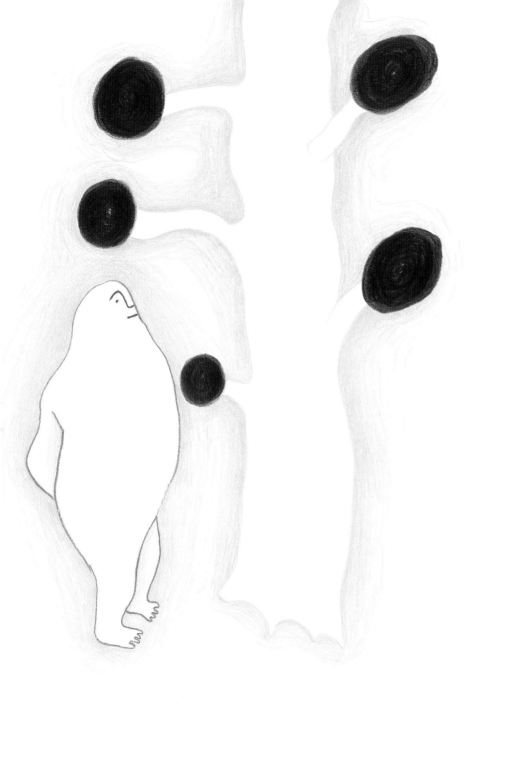